la composición

© texto: Antonio Skármeta, 1998

© Ediciones Ekaré, 2000

Edif. Banco del Libro, Av. Luis Roche

Altamira Sur, Caracas, Venezuela

Todos los derechos reservados

para la presente edición.

Edición al cuidado de Clarisa de la Rosa

Dirección de arte: Irene Savino

ISBN 980-257-215-2

HECHO EL DEPóSITO DE LEY

Depósito Legal lf 1511998800747

Impreso en China

por Everbest Printing Co. Ltd.

la composición

Antonio Skármeta / Alfonso Ruano

Ediciones Ekaré

El día de su cumpleaños a Pedro le regalaron una pelota. Pedro protestó porque quería una de cuero blanco con parches negros como las que pateaban los futbolistas profesionales. En cambio, ésta de plástico le parecía demasiado ligera.

—Uno quiere meter un gol de cabecita y la pelota sale volando. Parece pájaro por lo liviana.

—Mejor -le dijo el papá-, así no te aturdes la cabeza.

Y le hizo un gesto con los dedos para que callara porque quería oír la radio. En el último mes, desde que las calles se llenaron de militares, Pedro había notado que todas las noches el papá se sentaba en su sillón preferido, levantaba la antena del aparato verde y oía con atención noticias que llegaban desde muy lejos. A veces venían amigos que se tendían en el suelo, fumaban como chimeneas y ponían las orejas cerca del receptor.

Pedro le preguntó a su mamá:

—¿Por qué siempre oyen esa radio llena de ruidos?

—Porque es interesante lo que dice.

—¿Qué dice?

—Cosas sobre nosotros, sobre nuestro país.

—¿Qué cosas?

—Cosas que pasan.

—¿Y por qué se oye tan mal?

—La voz viene de muy lejos.

Y Pedro se asomaba soñoliento a la ventana tratando de adivinar por cuál de los cerros lejanos se filtraría la voz de la radio.

En octubre, Pedro fue la estrella de los partidos de fútbol del barrio. Jugaba en una calle de grandes árboles y correr bajo su sombra era casi tan delicioso como nadar en el río en verano. Pedro sentía que las hojas susurrantes eran un estadio techado que lo ovacionaba cuando recibía un pase preciso de Daniel, el hijo del almacenero, se filtraba como Pelé entre los grandotes de la defensa y chuteaba directo al arco para meter el gol.

—¡Gol! -gritaba Pedro y corría a abrazar a todos los de su equipo que lo levantaban por los aires porque, a pesar de que Pedro ya tenía nueve años, era pequeño y liviano.

Por eso todos lo llamaban "chico".

—¿Por qué eres tan chiquito? -le decían a veces para fastidiarlo.

—Porque mi papá es chiquito y mi mamá es chiquita.

—Y seguramente también tu abuelo y tu abuela porque eres requetechiquito.

—Soy bajo, pero inteligente y rápido; en cambio tú, lo único que tienes rápido es la lengua.

Un día, Pedro inició un veloz avance por el flanco izquierdo
donde habría estado el banderín del corner si ésa fuera una
cancha de verdad y no la calle entierrada del barrio.
Llegó frente a Daniel que estaba de arquero, simuló con
la cintura que avanzaba, pisó el balón hasta dormirlo
en sus pies, lo levantó sobre el cuerpo de Daniel
que se había lanzado antes
y suavemente lo hizo rodar
entre las dos piedras
que marcaban el arco.

—¡Gol! -gritó Pedro
y corrió hacia el centro
de la cancha esperando
el abrazo de sus compañeros.
Pero esta vez nadie se movió.
Estaban todos clavados
mirando hacia el almacén.

Algunas ventanas se abrieron. Se asomó gente con los ojos pendientes de la esquina. Otras puertas, sin embargo, se cerraron de golpe. Entonces Pedro vio que al padre de Daniel se lo llevaban dos hombres, arrastrándolo, mientras un piquete de soldados lo apuntaba con metralletas. Cuando Daniel quiso acercársele, uno de los hombres lo contuvo poniéndole la mano en el pecho.

—Tranquilo -le dijo.

Don Daniel miró a su hijo:

—Cuídame bien el negocio.

Cuando los hombres lo empujaban hacia el jeep, quiso llevarse una mano al bolsillo, y de inmediato un soldado levantó su metralleta:

—¡Cuidado!

Don Daniel dijo:

—Quería entregarle las llaves al niño.

Uno de los hombres le agarró el brazo:

—Yo lo hago.

Palpó los pantalones del detenido y allí donde se produjo un ruido metálico, introdujo la mano y sacó las llaves. Daniel las recogió en el aire. El jeep partió y las madres se precipitaron a la calle, agarraron a sus hijos del cuello y los metieron en sus casas. Pedro se quedó cerca de Daniel en medio de la polvareda que levantó el jeep al partir.

—¿Por qué se lo llevaron?

Daniel hundió las manos en los bolsillos y apretó las llaves.

—Mi papá está contra la dictadura.

Pedro ya había escuchado eso de "contra la dictadura". Lo decía la radio por las noches, muchas veces. Pero no sabía muy bien qué quería decir.

—¿Qué significa eso?

Daniel miró la calle vacía y le dijo como en secreto:

—Que quieren que el país sea libre. Que se vayan los militares del gobierno.

—¿Y por eso se los llevan presos? -preguntó Pedro.

—Yo creo.

—¿Qué vas a hacer?

—No sé.

Un vecino se acercó a Daniel y le pasó la mano por el pelo.

—Te ayudo a cerrar -le dijo.

Pedro se alejó pateando la pelota y como no había nadie en la calle con quien jugar, corrió hasta la otra esquina a esperar el autobús que traería a su padre de regreso del trabajo.

Cuando llegó, Pedro lo abrazó y el papá se inclinó para darle un beso.

—¿No ha vuelto aún tu mamá?

—No -dijo Pedro.

—¿Jugaste mucho?

—Un poco.

Sintió la mano de su papá que le tomaba la cabeza y la estrechaba con una caricia sobre la camisa.

—Vinieron unos soldados y se llevaron preso al papá de Daniel.

—Ya lo sé -dijo el padre.

—¿Cómo lo sabes?

—Me avisaron por teléfono.

—Daniel se quedó de dueño del almacén. A lo mejor ahora me regala caramelos -dijo Pedro.

—No creo.

—Se lo llevaron en un jeep como esos que salen en la películas.

El padre no dijo nada. Respiró hondo y se quedó mirando con tristeza la calle. A pesar de que era de día, sólo la atravesaban los hombres que volvían lentos de sus trabajos.

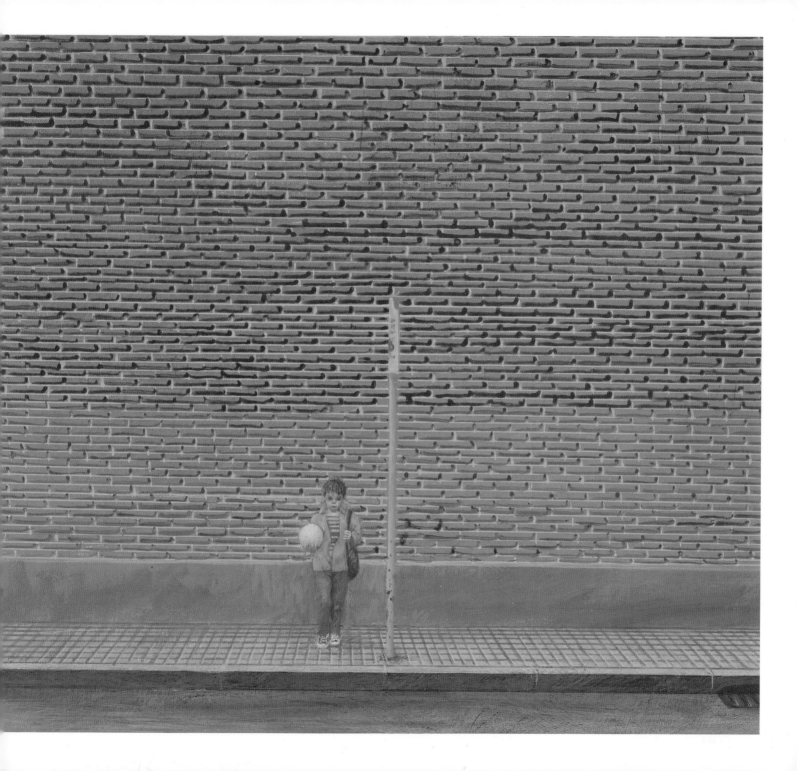

—¿Tú crees que saldrá en la televisión? -preguntó Pedro.

—¿Qué? -preguntó el padre.

—Don Daniel.

—No.

Esa noche se sentaron los tres a cenar, y aunque nadie le ordenó que se callara, Pedro no abrió la boca. Sus papás comían sin hablar. De pronto, la madre comenzó a llorar, sin ruido.

—¿Por qué está llorando mi mamá?

El papá se fijó primero en Pedro y luego en ella y no contestó. La mamá dijo:

—No estoy llorando.

—¿Alguien te hizo algo? -preguntó Pedro.

—No -dijo ella.

Terminaron de cenar en silencio y Pedro fue a ponerse su pijama. Cuando volvió a la sala, sus papás estaban abrazados en el sillón con el oído muy cerca de la radio, que emitía sonidos extraños, más confusos ahora por el poco volumen. Casi adivinando que su papá se llevaría un dedo a la boca para que se callara, Pedro preguntó rápido:

—Papá, ¿tú estás contra la dictadura?

El hombre miró a su hijo, luego a su mujer, y en seguida ambos lo miraron a él. Después bajó y subió lentamente la cabeza, asintiendo.

—¿También te van a llevar preso?

—No -dijo el padre.

—¿Cómo lo sabes?

—Tú me traes buena suerte, chico -sonrió.

Pedro se apoyó en el marco de la puerta, feliz de
que no lo mandaran a acostarse como otras veces.
Prestó atención a la radio tratando de entender.
Cuando la radio dijo: "la dictadura militar",
Pedro sintió que todas las cosas que andaban
sueltas en su cabeza se juntaban
como un rompecabezas.

—Papá -preguntó entonces-, ¿yo también estoy contra la dictadura?

El padre miró a su mujer como si la respuesta a esa pregunta estuviera escrita en los ojos de ella. La mamá se rascó la mejilla con una cara divertida, y dijo:

—No se puede decir.

—¿Por qué no?

—Los niños no están en contra de nada. Los niños son simplemente niños. Los niños de tu edad tienen que ir a la escuela, estudiar mucho, jugar y ser cariñosos con sus padres.

Cada vez que a Pedro le decían estas frases largas, se quedaba en silencio. Pero esta vez, con los ojos fijos en la radio, respondió:

—Bueno, pero si el papá de Daniel está preso, Daniel no va a poder ir más a la escuela.

—Acuéstate, chico -dijo el papá.

Al día siguiente, Pedro se comió dos panes con mermelada, se lavó la cara y se fue corre que te vuela a la escuela para que no le anotaran un nuevo atraso. En el camino, descubrió una cometa azul enredada en las ramas de un árbol, pero por más que saltó y saltó no hubo caso.

Todavía no terminaba de sonar ding-dong la campana, cuando la maestra entró, muy tiesa, acompañada por un señor con uniforme militar, una medalla en el pecho, bigotes grises y unos anteojos más negros que mugre en la rodilla.

La maestra dijo:

—De pie, niños, y bien derechitos.

Los niños se levantaron. El militar sonreía con sus bigotes de cepillo de dientes bajo los lentes negros.

—Buenos días, amiguitos -dijo-. Yo soy el capitán Romo y vengo de parte del Gobierno, es decir, del general Perdomo, para invitar a todos los niños de todos los grados de esta escuela a escribir una composición. El que escriba la más linda de todas recibirá, de la propia mano del general Perdomo, una medalla de oro y una cinta como ésta con los colores de la bandera. Y por supuesto, será el abanderado en el desfile de la Semana de la Patria.

Puso las manos tras la espalda, se abrió de piernas con un salto y enderezó el cuello levantando un poco la barbilla.

—¡Atención! ¡Sentarse!

Los muchachos obedecieron.

—Bien -dijo el militar-. Saquen sus cuadernos... ¿Listos los cuadernos? ¡Bien! Saquen lápiz... ¿Listos los lápices? ¡Anotar! Título de la composición: "Lo que hace mi familia por las noches"... ¿Comprendido? Es decir, lo que hacen ustedes y sus padres desde que llegan de la escuela y del trabajo. Los amigos que vienen. Lo que conversan. Lo que comentan cuando ven la televisión. Cualquier cosa que a ustedes se les ocurra libremente con toda libertad. ¿Ya? Uno, dos, tres: ¡comenzamos!

—¿Se puede borrar, señor? -preguntó un niño.

—Sí -dijo el capitán.

—¿Se puede hacer con bolígrafo?

—Sí, joven. ¡Cómo no!

—¿Se puede hacer en hojas cuadriculadas, señor?

—Perfectamente.

—¿Cuánto hay que escribir, señor?

—Dos o tres páginas.

—¿Dos o tres páginas? -protestaron los niños.

—Bueno -corrigió el militar-, que sean una o dos. ¡A trabajar!

Los niños se metieron el lápiz entre los dientes y comenzaron a mirar el techo a ver si por un agujero caía volando sobre ellos el pajarito de la inspiración.

Pedro estuvo mordiendo el lápiz, pero no le sacó ni una palabra. Se rascó el agujero de la nariz y pegó debajo del escritorio un moquito que le salió por casualidad. Juan, en el pupitre de al lado, estaba comiéndose las uñas, una por una.

—¿Te las comes? -preguntó Pedro.

—¿Qué? -dijo Juan.

—Las uñas.

—No. Me las corto con los dientes y después las escupo. ¡Así! ¿Ves?

El capitán se acercó por el pasillo y Pedro pudo ver cerca la dura hebilla dorada de su cinturón.

—¿Y ustedes, no trabajan?

—Sí, señor -dijo Juan, y a toda velocidad arrugó las cejas, sacó la lengua entre los dientes y puso una gran "A" para comenzar la composición. Cuando el capitán se fue hacia el pizarrón y se puso a hablar con la maestra, Pedro le espió la hoja a Juan y preguntó:

—¿Qué vas a poner?

—Cualquier cosa. ¿Y tú?

—No sé -dijo Pedro.

—¿Qué hicieron tus papás ayer? -preguntó Juan.

—Lo mismo de siempre. Llegaron, comieron, oyeron la radio y se acostaron.

—Igualito mi mamá.

—Mi mamá se puso a llorar de repente -dijo Pedro.

—Las mujeres se la pasan llorando.

—Yo trato de no llorar nunca. Hace como un año que no lloro.

—Y si te pego en el ojo y te lo pongo morado, ¿no lloras?

—¿Y por qué me vas a hacer eso si soy tu amigo?

—Bueno, es verdad.

Los dos se metieron los lápices en la boca y miraron el bombillo apagado y las sombras en las paredes y sintieron la cabeza hueca como una alcancía. Pedro se acercó a Juan y le susurró en la oreja:

—¿Tú estás contra la dictadura?

Juan vigiló la posición del capitán y se inclinó hacia Pedro:

—Claro, pendejo.

Pedro se apartó un poco y le guiñó un ojo, sonriendo. Luego, haciendo como que escribía, volvió a hablarle:

—Pero tú eres un niño…

—¿Y eso qué importa?

—Mi mamá me dijo que los niños… -comenzó a decir Pedro.

—Siempre dicen eso… A mi papá se lo llevaron preso al norte.

—Igual que al de Daniel.

—Ajá. Igualito.

Pedro miró la hoja en blanco y leyó lo que había escrito: "Lo que hace mi familia por las noches". Pedro Malbrán. Escuela Siria. Tercer Grado A.

—Juan, si me gano la medalla, la vendo para comprarme una pelota de fútbol tamaño cinco de cuero blanco con parches negros.

Pedro mojó la punta del lápiz con un poco de saliva, suspiró hondo y arrancó:

"Cuando mi papá vuelve del trabajo…".

Pasó una semana, se cayó de puro viejo un árbol de la plaza, el camión de la basura estuvo cinco días sin pasar y las moscas tropezaban en los ojos de la gente, se casó Gustavo Martínez de la casa de enfrente y repartieron así unos pedazos de torta a los vecinos, volvió el jeep y se llevaron preso al profesor Manuel Pedraza, el cura no quiso decir misa el domingo, en el muro de la escuela apareció escrita la palabra "resistencia", Daniel volvió a jugar fútbol y metió un gol de chilena y otro de palomita, subieron de precio los helados y Matilde Schepp, cuando cumplió nueve años, le pidió a Pedro que le diera un beso en la boca.

—¡Estás loca! -le gritó Pedro.

Después que pasó esa semana, pasó todavía otra, y un día volvió al aula el militar cargado de papeles, una bolsa de caramelos y un calendario con la foto de un general.

—Mis queridos amiguitos -les dijo-. Sus composiciones han estado muy lindas y nos han alegrado mucho a los militares y en nombre de mis colegas y del general Perdomo debo felicitarlos muy sinceramente. La medalla de oro no recayó en este curso, sino en otro, en algún otro. Pero para premiar sus simpáticos trabajitos, les daré a cada uno un caramelo, la composición con una notita y este calendario con la foto del prócer.

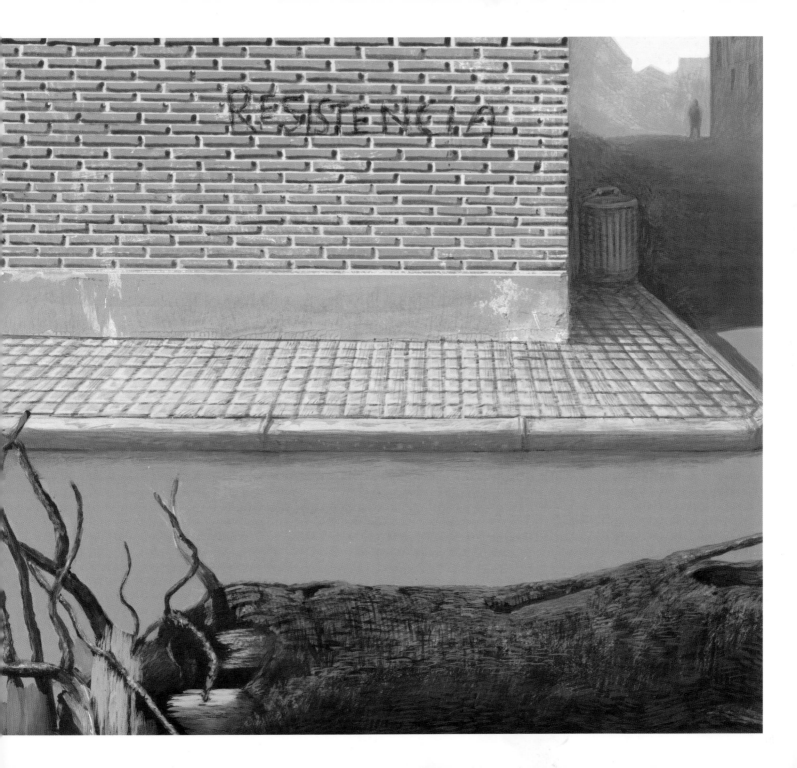

P edro se comió el caramelo camino de su casa y esa noche, mientras cenaban, le contó al papá:

—En la escuela nos mandaron a hacer una composición.

—Mmm. ¿Sobre qué? -preguntó el papá comiendo la sopa.

—"Lo que hace mi familia por las noches".

El papá dejó caer la cuchara sobre el plato y saltó una gota de sopa sobre el mantel. Miró a la mamá.

—¿Y tú qué escribiste, hijo? -preguntó la mamá.

Pedro se levantó de la mesa y fue a buscar entre sus cuadernos.

—¿Quieren que se las lea? El capitán me felicitó.

Y les mostró donde el capitán había escrito con tinta verde: "¡Bravo! ¡Te felicito!"

—El capitán… ¿qué capitán? -gritó el papá.

—El que nos mandó a hacer la composición.

Los papás se volvieron a mirar y Pedro empezó a leer:

—"Escuela Siria. Tercer Grado…".

El papá lo interrumpió:

—Sí, está bien, pero lee directamente la composición, ¿quieres?

Y mientras los padres escuchaban con mucha atención, Pedro leyó:

Escuela Siria. Tercer Grado "Cuando mi papá vuelve del trabajo"

Cuando mi papá vuelve del trabajo, yo voy a esperarlo al autobús. A veces, mi mamá está en la casa y cuando llega mi papá le dice quiubo chico, cómo te fue hoy. Bien le dice mi papá y a ti cómo te fue, aquí estamos le dice mi mamá. Entonces yo salgo a jugar fútbol y me gusta meter goles de cabecita. Después viene mi mamá y me dice ya Pedrito venga a comer y luego nos sentamos a la mesa y yo siempre me como todo menos la sopa que no me gusta. Después todas las noches mi papá y mi mamá se sientan en el sillón y juegan ajedrez y y termino la tarea. Y ellos siguen jugando ajedrez hasta que es la hora de irse a dormir. Y después, no puedo contar porque me quedo dormido.

Firmado: Pedro Malbrán.

Nota: Si me dan un premio por la composición ojalá sea una pelota de fútbol, pero no de plástico.

—"Cuando mi papá vuelve del trabajo, yo voy a esperarlo al autobús. A veces, mi mamá está en la casa y cuando llega mi papá le dice quiubo chico, cómo te fue hoy. Bien le dice mi papá y a ti cómo te fue, aquí estamos le dice mi mamá. Entonces yo salgo a jugar fútbol y me gusta meter goles de cabecita. Después viene mi mamá y me dice ya Pedrito venga a comer y luego nos sentamos a la mesa y yo siempre me como todo menos la sopa que no me gusta. Después todas las noches mi papá y mi mamá se sientan en el sillón y juegan ajedrez y yo termino la tarea. Y ellos siguen jugando ajedrez hasta que es la hora de irse a dormir. Y después, después no puedo contar porque me quedo dormido.

Firmado: Pedro Malbrán.

Nota: si me dan un premio por la composición ojalá sea una pelota de fútbol, pero no de plástico."

Pedro levantó la mirada y se dio cuenta de que sus padres estaban sonriendo.

—Bueno -dijo el papá-, habrá que comprar un ajedrez, por si las moscas.

Antonio Skármeta nació en Antofagasta, Chile, en 1940. Es autor de novelas y cuentos que han recibido numerosos premios y han sido traducidos hasta en veinticinco idiomas. Su obra *El cartero de Neruda* fue llevada al cine con el título de *Il postino*; obtuvo cinco nominaciones al Oscar y se constituyó en un éxito mundial. La novela mas reciente de Skármeta es *La boda del poeta*, publicada en España por Plaza y Janés en septiembre de 1999.

Es la primera vez que el cuento *La composición* se publica en forma de libro. Una versión para la radio fue elegida Drama Radial del Mes en Alemania y luego resultó finalista en el Prix Italia.

Alfonso Ruano nació en Toledo, España, en 1949. Estudió pintura en la Escuela de Bellas Artes de Madrid y desde 1976 trabaja en Ediciones SM, donde hoy es director artístico. Ha publicado cerca de 20 libros para niños y ha recibido muchos reconocimientos por su trabajo.

Sus ilustraciones para *La composición* crean una atmósfera contenida y emocional para esta historia situada en un entorno dramático. Como él mismo dice: "Quise hacer las imágenes de un reportaje".